ENQUANTO VOCÊ PASSA

monique portela

URUTAU
junho de 2024

O —
editora Urutau

rua do cajú, 478
jardim das cerejeiras, 06724-015
cotia-sp
brasil

rua dr. manuel pacheco nobre, 128, 5 esquerdo
2830-080 barreiro (setúbal)
portugal

[+55] 11 95608 8983 [brasil]
www.editoraurutau.com

[EDITORA]
debora ribeiro rendelli
[REVISÃO]
victor negri
[PROJETO GRÁFICO]
wladimir vaz
[COORDENAÇÃO GRÁFICA]
tiago fabris rendelli
[DIAGRAMAÇÃO]
victor h. azevedo
[CAPA]
victor h. azevedo, sobre fotografia de ozanculha

Dados Internacionais de Catalogação na Publicação (CIP) de acordo com ISBD

Portela, Monique
P843e Enquanto você passa / Monique Portela. - Cotia : Urutau, 2024. 72 p. ; 13cm x 16,5cm.

ISBN: 978-65-5900-729-5

1. Literatura brasileira. 2. Poesia. I. Título.

CDD 869.1
2024-1429 CDU 821.134.3(81)-1

Elaborado por Vagner Rodolfo da Silva - CRB-8/9410

Índice para catálogo sistemático:
1. Literatura brasileira : Poesia 869.1
2. Literatura brasileira : Poesia 821.134.3(81)-1

SUMÁRIO

Aveludado som que rege
palavras podres, incabíveis
na miríade de faces que lhe dei.

Deserto

Uma legião de poetas
semeia o deserto
com a própria saliva

se a cada emoção
a palavra germinasse
livraríamos a boca
para tarefas mais nobres

Tropeço

Se jogar
ainda que seja
um tropeço

amar mesmo
quando tudo
ainda é pequeno

lembrar que amor
cozido a fogo baixo
também levanta
fervura

Frugal

O livre pensa ser frugal
o passo lento na calçada
arrazoar, só e calada
a visão em dadaísmo

o preso é só em seu abismo

hermético é o solipsismo
no qual ele não pode crer

confronto é o ponto no tecer
jamais final pois não pontua
a mão que tece é a tua.

pro preso o paraíso é rua

Autodescrição

Se precisasse me descrever
algures com palavras de vida
diria que sou entusiasta
do amor

que o levo muito a sério
o faço objeto de estudo
dedico-lhe lupas e neurônios
para muito além de meu olhar apaixonado

diria que considero o amor
a mais importante das tarefas
a mais edificante das pulsões
o mais potente dos gestos

muitos amam e são amados
amantes ou enamorados
mas entusiastas,
conheço poucos

e justamente por tomá-lo
como princípio de minha vida
me tomam por tola ou
descomprometida

erro de quem acha
que amor é matemática
0101 no relógio, nas contas,
a soma dos burros

enaltecem quem ama pouco
porque na escassez é fácil
dividir e contar os grãos
para clamar a sua parte.

Meu amor, não tenha medo:
o pressuposto do amor é a entrega
e a generosa métrica de meu cultivo
é a reciprocidade

Distância

A distância é o mais próximo
que chegaremos de viver um sonho

olha para longe
usa bem o espaço que permite
o passo maior que a perna
o próprio movimento
que coisas distintas existam
o encontro entre essas coisas

à distância é o mais próximo
que chegaremos de viver um sonho

por isso desejo
que meus amores voem alto
o suficiente para que ainda me ouçam
o suficiente para que eu possa ser
horizonte

onde há espaço para estar inteira
esticar, conhecer meus limites
tocar quem porventura esteja
em seu próprio exercício

é nas extremidades de si que árvores
geram folhas flores frutos
colhidos por dedos distantes
comidos por pássaros estrangeiros

que então espalham
por toda a terra
os sabores do que viveram
ao beijar pêssegos e caules

frutificam a vida
e dormem em paz

Arrancar

Arrancar é
tirar à força

mas também
dar partida

quando arranco
palavras

deveria eu,
na verdade,

ir embora?

?

Não sei,
dificilmente vejo
perguntas em poemas

Etiqueta

Quanto de minhas palavras
não são casacos de pele
calças aveludadas
camisetas de algodão

escondem o que é vivo
por trás de cores vibrantes
acariciam o corpo
mas não emitem calor

eu nem sei o que é o amor
para além das coisas que eu digo
do nervoso que eu sinto
quando há palavra dúbia
ou fora de ordem

o amor é uma etiqueta que incomoda
e eu não corto

como eu vou saber se falo o que sinto
um sentimento assim se traduz desse jeito
quem disse que isso que eu sinto se chama amor

amor só se pode dizer

Companhia

Queria ficar só
conversar pelo sentido
inexistente do que ouço
mas que dentro de mim encontra reflexo

aquilo já escrito
torna-se passível de mim
então te roubo sem que saiba
e você aplaude

pego a vida de alguém emprestada
mato-o sem piedade
os olhos abertos, mas cegos
doença do ego

e continuo a escrever
não por paixão nem por prazer
só pela companhia
do que realmente me conforta

tentativas n.24, 31, 83 e 87

Naquele domingo
senti que o avião ia cair
que eu despencaria da montanha
que o tapa arrancaria minha pele
que o carro bateria no poste

é isso que eu busco
para meu coração num domingo

"comunicar-se é jogar-se ao abismo"
estou tentando

estou tentando

morrer de alguma coisa
para não morrer de amor

Natureza morta

É tudo tão natural
horrível e podre e
carcomido por outros seres

dentro de mim chove
há raios que percorrem meu corpo
queimam, matam e acordam

sou a tartaruga na Ilha do Mel
devorada pelos urubus
— os transeuntes sentem
nada podem fazer

a natureza é para ser observada
ela é cruel, observe
como a vida é mutilada

um pássaro sem pata
uma baleia encalhada
uma tartaruga morta

sofrer me faz parte de tudo
e este é meu único consolo

Pessoas-abismo

Pessoas-abismo não convidam

você vai porque quer
escutar a própria voz
ecoar nos vazios de alguém

você vai porque gosta
do frio na barriga
e do vento no rosto

pessoas-abismo
nem sempre profundas
mas sempre distantes

você vai porque não enxerga
é de olhos fechados que sonhamos
arriscar tudo

diante daquilo
que engolirá você de toda forma
convém adiantar-se

é o que você diz ao sentir
chamado do vazio
é também instinto, dizem

você vai porque a morte é rápida
porque ouviu duzentas vezes
que do chão não passa

Homens

Os homens que passam por mim
me comem com os olhos

o que comigo convive
usa os olhos a boca e o torso
e no mais leve enrosco

não perguntam: tudo bem?
os homens que comigo convivem
ou fogem da terapia
sofrido, o amor não correspondido
sofrido, o tempo perdido
a adolescência tardia

e meu dia?
é a água suja do banho
um delírio solitário em francês

vejam vocês
as marcas que deixam
os homens que convivem comigo

na minha coluna corcunda
de quem se encolhe em tristeza

na minha expressão dura
de quem anda depressa na rua
para não se tornar a presa

neste poema inacabado —
eu só escrevo quando choro
enquanto ele dorme
ao lado

Receita

Eu e tua mãe vamos parir os ovos
se é o que falta no bolo
jorrar o leite
se é o que falta no bolo
fazer fermento das mãos
para que você cresça com vigor

e nos queime
— língua e pele —
na boca do fogão

Pio

Meu pedido de socorro
todo mundo já ouviu

é um pio de passarinho
é até bonito
é meio histérico
não incomoda ninguém

meu pedido de socorro
todo mundo já ouviu

quando falo
eu não
eu não tenho mais o que

meu pedido de socorro
todo mundo já ouviu

sozinha
eu soluço
muito alto

ele entra em meu quarto
ele afaga os meus cabelos:

ah, querida,
os vizinhos,
os vizinhos

Que pena

"Que pena"
disse ele

enquanto eu dançava
beijava e rodopiava
ao lado daqueles que amo

"que pena
quem você se tornou"

leve e bonita
como uma pena

uma pena
ao sabor do vento

uma pena livre
leve e solta

é mesmo uma pena
ficar sem você

Ideais

Com meu ideal em mãos
me jogo em queda livre

assim são os gatos
que por amor à liberdade
pulam janelas

assim são as vespas
que por amor à espécie
morrem dentro de figos

assim são os homens
que por amor à pátria
se matam em guerras

sim, é preciso lembrar
que alguns ideais
são estúpidos

Padeiro

Com forte mão,
leve, dura
a massa, o pão
— tesão

a massa, crua
branca, nua
toda tua
tanto bate até que
fura
bolhas altas no fogão

f e r m e n t a ç ã o

toque final,
sabor sutil:
quanto é que deste sal
não são lágrimas do Brasil?

com forte mão,
leve, dura
a massa, o pão
— coloque aqui a tradução

Sede

Vejo você e corro
rio baixo, molhada
bicas dentro de mim
dentro do teu abraço

mas é de sede, é de sede
que você falou que matava,
é de sede que você falou
que deixava morrer

decido que não sou
de escassez

decido que de sede
eu só morro uma vez

vejo você e corro
morro, nascente abaixo
caudalosa eu escorro
alimentar o mundo todo

Cômodos

Abro meus olhos cedo
como se fossem janelas
e minha boca aporta
para todos os incômodos
nociva invasão que provoco
ao afirmar que tens a chave
na ponta da língua

lembro-me que, quando veio,
trouxe plantas, café,
pimentas, fotografias
e a promessa de voltar sempre
por isso preparo a mesa
mas ela segue vazia,
há dias e dias e dias

uma visita que
nunca apareceu

da janela não se vê nada,
vista sem horizonte
consulto o mapa em minha boca
não há sequer uma fronteira
que eu possa alcançar

que saudade, meu querido
de tê-lo aqui, no coração da casa —
é sabido que, quanto maior o cômodo,
mais alto ecoam os silêncios

Bola de neve

Estarei tão próxima de você quanto Jesus
ao escrever a carta que depositou
na caixa de correio da Almirante

ela se queria onipresente,
mas só podia vê-lo através da janela

ela tinha esperanças de que poderia
tocar seu coração

ela te escreveu uma carta à mão
com caligrafia quase ilegível
mas caprichou

ela não sabia a resposta
e mesmo assim
apostou

e perdeu
assim como eu

Jesus te ama

Espelho

O meu
reflexo
no teu olho
cego
em que me
espelho
enquanto você
é

Inverso

O teu tergiversar
é verso antigo que me tange
a ponto de fazer
chorar

mas ainda assim eu sinto
o furor de te amar:
a miragem d'uma amálgama
a caminho do
altar

e com tanto peito sofro
o descabido destempero
burro e estéril
do pesar

tua boca não se move
os teus dedos se recusam
eu ecoo teu vazio

nenhum verso
a registrar

Frutas

Não gosto de maçãs
mas elas carregam sua mordida
dentes na minha garganta

romãs são muito duras
mastigo a textura arenosa
a ideia do sabor é melhor

passou a época de águas mornas
com limão espremido
— hoje, tudo azedou

sigo assim comendo frutas
cortadas em pedaços médios
como você me ensinou

Figos maduros caem

Figos maduros caem
e apodrecem
como tudo

como nós
como você por inteiro
achando que é figo maduro

mas já passou

como tudo
mesmo assim

Espera

Esperei tanto
durante anos fantasias
me alimentaram o desejo
de amar

esperei tanto
em frente ao ponto marcado
— havia mesmo se esquecido
de mim?

esperei tanto
calada e paciente
aprender coisas do coração
através do seu silêncio

(ouvia as batidas
achava que pulsava para mim
achava que você me amava
pelas cavas)

esperei tanto
que aprendi a esperar
pouco, muito pouco
do amor

Cínico

Beija, criatura oca
em meus pulmões, o teu veneno
como vive tão sereno?
desprezo o ar da tua boca.

gritei-me agora estou rouca
ao ver, distante, o teu aceno
simulando um gesto ameno
por dentro, uma risada louca

teu cinismo é obsceno
teu coração é pequeno
e tua vontade, pouca

À mão armada

Estou insensível:
escrevo à mão armada
em público
manifesto desespero

estou no centro
área perigosa
escrevo assim, de assalto
na mesa do café

saco minha 7 milímetros
e aniquilo você
depois de esquartejá-lo
em sílabas

finalmente, silêncio
sua voz se esvai
seu rosto está distante
— posso virar a página

Falemos da mulher

No box do banheiro
mas também no espelho
e na superfície da piscina

nos olhos de homens hostis
no meio de suas pupilas
e nos óculos de todos eles

no vidro da portaria
na porta de entrada do prédio
e de corpo inteiro, no saguão

na escuridão de todas as telas
e na sombra projetada
pelos galhos das árvores

a lembrança da sua presença
é a certeza de que tudo
ficará bem

sim, Matilde

falemos do movimento físico
dessa mulher não amando ninguém
para além do seu reflexo

pequeno gesto de quem se enxerga
como parte de tudo e vive
da imensa presença de si

La femme Sabine

Nela há tantas
todas Outras:
como eu
é mulher

[mesmo tomada
por ciúmes confesso:

isso não te define
minha cara,
Caroline]

Primeira vez

Cala a catarse que em nada resolve o mundo
ocupa tua boca em meu corpo
afoga a palavra em meu peito

tua fúria inexperta
eu aceito

caso mate a vergonha primeiro,
corra, insana, tua boca a calar

de conhaque
ou vontade
de amar

Lembrete

O toque no joelho
é um lembrete:
não sou uma estranha

exceto que aconteceu
por debaixo da mesa

Segredos

Meus segredos pegam a caneta
e escorrem entre os dedos

os nossos se entrelaçam
em um gesto carinhoso, universal

os seus firmam o punho
que me aperta o estômago

todo mundo sente prazer
em manter um segredo nas mãos

*

Empresto um livro
para que escreva
nas bordas —

amor silencioso
à margem
de todos

*

Imagine ter um filho
e amá-lo como seu pai te ama
e ser amada do jeito que você
o despreza

imagine ter um filho
e amá-lo como amo você
e ser amada do jeito que
me despreza

se eu amasse meu pai
como amo você
seria feliz
e teria filhos
também felizes

mas para isso teria
de também ser homem

*

Empresto um livro
para que escreva
nas bordas —

amor silencioso
à margem
de todos

*

Imagine ter um filho
e amá-lo como seu pai te ama
e ser amada do jeito que você
o despreza

imagine ter um filho
e amá-lo como amo você
e ser amada do jeito que
me despreza

se eu amasse meu pai
como amo você
seria feliz
e teria filhos
também felizes

mas para isso teria
de também ser homem

*

Empresto um livro
para que escreva
nas bordas —

amor silencioso
à margem
de todos

*

Imagine ter um filho
e amá-lo como seu pai te ama
e ser amada do jeito que você
o despreza

imagine ter um filho
e amá-lo como amo você
e ser amada do jeito que
me despreza

se eu amasse meu pai
como amo você
seria feliz
e teria filhos
também felizes

mas para isso teria
de também ser homem

enquanto mulher
todo amor me parece
servidão

Camile

Camile tem mãos pequenas
surrupia o coração de mulheres
sob o olhar vigilante de homens
com corações pequenos

Camile tem olhos grandes
suscita o desejo em mulheres
que sob o olhar vigilante de homens
apequenaram seus desejos

sob seu olhar vigilante
Camile tem o mundo
à ponta dos pequenos dedos

sob o domínio deles,
mulheres com grandes desejos
se despem de homens pequenos

Seca

Novas plantas
espalhadas pela casa

nenhuma vingará
a sua ausência

e-go

Não posso amá-la
com suas cores saturadas
seus cafés fumegantes
sua vida cor-de-rosa

não posso amá-la
porque pegaria mal
amá-la em público,
mas em segredo
estou apaixonada

então apenas vejo
as capturas precisas de sua alegria
seu sorriso sempre aberto
peitos pequenos, mas bem posicionados

tem meu nome
tem meu rosto
tem meus peitos

tenho sua senha

só me falta ter a vida
que ela diz que é a minha

Despedida

Wisława me contou
que você sobreviveu a mim
o suficiente para pensar de longe

me contou que você renuncia
ao privilégio da presença

Wisława me contou tudo isso
em uma página inteira,
quebra em branco,
dramática

me passou o recado e disse:
isso é para o teu coração num domingo.

mas era sexta-feira.

ela sorri na capa,
me entrega o golpe em papel pólen *soft*,
achando que amacia alguma coisa

os dias serão difíceis sem você,
meu amigo.

por aqui, renuncio ao fardo de te perder ao longo dos dias,
mais uma vez, tantas vezes perdido,
uma vez mais, como tantas vezes aconteceria

Monique Portela
nasceu em cinco de junho de 1996, em Curitiba, Paraná, onde reside até hoje. É jornalista e mestre em Comunicação pela Universidade Federal do Paraná (UFPR) e Universidade Lumière Lyon 2, na França.

FOTO DA AUTORA: VITOR LOPES LEITE

PRIMEIRA EDIÇÃO

–OUTONO–

COTIA

MMXXIV